Centro Creazione Teatrale

Blu Notte

Narrativa

Giacomo Gamba

La donna del bar

Centro Creazione Teatrale

La donna del bar
Giacomo Gamba

Collana Blu notte
Narrativa

Copertina a cura di Giacomo Gamba

Proprietà letteraria riservata.
© 2002 Giacomo Gamba

Tutti i diritti riservati
© 2014 Centro di Creazione Teatrale
 Brescia - Italia - www.giacomogamba.it

ISBN 978-88-98446-20-9

*"Così è vero. Siamo qui insieme.
Ci siamo mescolati.
Ci siamo confusi in uno sguardo,
un sorriso, un abbraccio."*

La donna del bar

Il giorno prima

Nel canale l'acqua era fredda. Un piccolo corpo bianco giaceva a pancia in su, immerso per metà. Un vestitino a brandelli lo ricopriva solo in parte.

Negli occhi morti della bambina c'erano innocenza e orrore.

Il poliziotto Tony Black osservava la scena dall'alto, sul ciglio del canale. Nei suoi occhi c'era indifferenza. Pensava alla lista e a come tutto avvenisse proprio al momento giusto. Quel delitto aveva già un colpevole: un uomo dagli occhi blu classificato come 13337. Un uomo che non gli piaceva. Il suo nuovo incarico.

Un'ora prima

Matinée.

La scritta adesiva era incollata alla vetrata che dava sul marciapiede. Una scritta un po' démodé che si affacciava sul mondo esterno per volgergli un timido saluto. Nulla a che vedere con le scritte dipinte d'oro dei pubs o con le insegne dei night-clubs.

Matinée.

La nuova alba avrebbe potuto essere diversa?

Questo si domandava la donna del bar un'ora prima dell'inizio del turno continuato H 24, una vera gara di resistenza.

Il futuro si nascondeva alla sua immaginazione e lei non riusciva a vederlo attraverso le vetrate del bar.

A quell'ora, con le luci accese dentro, non c'erano film proiettati fuori.

La donna aveva gli occhi marroni. Era sola nel bar, sola con i suoi pensieri illuminati dai neon. La sua marlboro aveva un sapore aspro e forte.

Il bar era una gabbia. La città, un fantasma.

Wanted.

Ricercato, vivo o morto. La scritta, per metà cancellata era sotto le fotografie.

Piuttosto ironici quelli dell'amministrazione.

Le foto erano centinaia, nell'archivio. Una lista spaventosa.

Tony Black si divertiva a guardare le facce di quegli sventurati e si domandava quale sarebbe stato il prossimo.

La telefonata arrivò quasi a mezzogiorno.

"Black?"

"Sono io."

"Bene."

"Oggi tocca al 9867."

"Bene."

"Spero facciate del vostro meglio Black."

"Come sempre, Signore."

Il 9867 era una giovane donna con gli occhi marroni e Black se la sarebbe sbattuta volentieri. Prima che il suo splendido corpicino venisse riempito di piombo, naturalmente.

"Quei bastardi sono come la gramigna" commentò l'uomo della fogna, mentre sbucava con la testa dal tombino, dopo aver riparato una perdita nella tubazione.

Dalla piazza arrivavano in quindici e si dirigevano verso di lui. Un gruppo di extracomunitari con gli abiti stracciati e le facce intagliate in una pietra scura. Camminavano in direzione dell'uomo della fogna, con gli occhi famelici dei lupi e la pelle che sapeva di fumo. Indossavano scarpe smesse dall'occidente e parlavano lingue sconosciute. Si avvicinavano al tombino come una turbolenza che va ad esaurire la sua forza. Sollevavano la polvere e le carte sparse sulla strada.

"Sporchi e assassini!" L'uomo della fogna continuava ad insultarli.

In pochi istanti, accompagnati dalla loro cantilena che suonava come un debole lamento, oltrepassarono l'uomo della fogna che li insultava ancora: "Animali, animali..."

La colonna proseguiva il suo cammino. Il lamento giungeva ovattato e stanco.

All'orizzonte, confusi nel cemento, i vasi di fiori, i tavolini e gli ombrelloni socchiusi erano un'oasi nel deserto. Dalla radio una musica leggera riproduceva un ritornello che addolciva il marciapiede, dove un cane annusava e poi alzava incurante la sua gamba per fare pipì. Il rivolo giallo scorreva verso il tombino. L'uomo della fogna era sparito imprecando nei sotterranei. Presto il liquido giallo gli avrebbe fatto compagnia.

La nuvola di extracomunitari procedeva e si avvicinava al bar. La loro musica era solo un flebile sogno. Quella del bar spargeva note zuccherine oltre i suoi confini.

La donna del bar era ferma sulla soglia con i pollici nelle tasche dei jeans e le mani sulle cosce come fosse un cowboy. Osservava la nuvola di extracomunitari passare. I quindici si girarono lentamente accompagnati dal loro debole lamento e la guardarono in viso. Gli occhi marroni della donna erano lucidi di lacrime sincere che scendevano come miele. Gli occhi dei quindici erano fondi come un buco nero; una tristezza antica fuoriusciva dai loro sguardi. Il debole lamento era cessato di schianto.

La musica dolce del bar era svanita con i suoi megahertz.

Gli uomini che parlavano lingue sconosciute erano immobili con il passo sospeso nel vuoto e fissavano gli occhi marroni della donna che piangevano lacrime sincere.

La vita era solo un tempo sospeso tra i tavolini e il cemento. Sul volto arrossato della donna si era stampato un sorriso amico.

Tump!

Il tombino si era chiuso all'improvviso sotto i piedi dell'uomo della fogna che era risalito in superfice e bestemmiava.

La donna si voltò verso di lui e lo osservò disgustata.

L'uomo della fogna risalendo aveva infilato le mani in una grossa chiazza giallastra che stazionava nei pressi del tombino.

In lontananza un cane si stava allontanando scodinzolante. La musica dolce si era riappropriata dei suoi megahertz e aveva ripreso il suo viaggio oltre i confini.

Quando la donna si girò nuovamente verso i quindici, la nuvola di extracomunitari era già lontana e pareva solo un'ombra all'orizzonte. Il debole lamento si era disperso nel vento.

La donna con gli occhi marroni stringeva le labbra sulle sue lacrime al miele.

Nell'aria era rimasto solo un leggero odore di fumo.

"Ehi, occhi blu, andiamo!" Le uniche parole che l'energumeno con il distintivo gli aveva rivolto.

Era successo tutto all'improvviso. La polizia si era presentata da lui con un mandato o una roba del genere. Gli avevano detto che era classificato come 13337, poi gli avevano messo le manette ai polsi e lo avevano portato via. Lo accusavano d'omicidio e lui non era riuscito a portare con sé nemmeno lo spazzolino.

Aveva capito subito che si sarebbe messa male. Un tizio, un certo Tony Black, gli aveva dato il benvenuto con un pugno nello stomaco. Poi gli aveva offerto del caffè e il caffè era pessimo, solo acqua sporca.

Nove di mattina - Quarta ora

La macchina del caffè, con i suoi acciai lucidi e le lamiere anodizzate, assomigliava ad un iguana appisolato tra i tiepidi riflessi del sole, che penetrava dalle vetrate come per colpire una spiaggia primitiva e solitaria.

Dal soffitto le pale meccaniche dei ventilatori pendevano immobili come palme irrigidite dall'arsura.

Il bar era deserto e silenzioso. La radio taceva e la donna con gli occhi marroni si era seduta a cavallo di una sedia. Il suo destriero avanzava stancamente, al passo, nel silenzio del bar. La donna con gli occhi marroni vedeva praterie sconfinate e fumava una marlboro. Il fumo saliva lento verso il soffitto e portava con sé sogni e desideri. Fuori il mondo procedeva verso la sua destinazione senza che questo movimento potesse in qualche modo cambiare le cose. Negli angoli delle strade i barboni nei loro cartoni sonnecchiavano, elemosinando un tozzo di pane.

Nel traffico delle automobili gli uomini uccidevano minuti, ore, giorni di vita, che non sarebbero tornati più, mai più.

Ibrahim era un uomo con la pelle nera, un cappellino Yankee sopra la testa e un sorriso in bocca fresco come la neve. Portava un'enorme borsa con sé, piena d'illusioni.

Entrando nel bar ruppe l'incantesimo.

Ibrahim appoggiò la borsa su un tavolo. La borsa con le illusioni vi si adagiò emettendo un suono sordo.

La donna del bar aveva abbandonato il destriero al suo destino. La marlboro giaceva spiaccicata nel posacenere. I sogni e i desideri si erano dispersi nell'aria.

L'iguana si era svegliato dal suo pisolo. Emetteva sibili prolungati e sbuffava vapori dalle narici d'acciaio.

Il caffè scuro fuoriusciva dal suo ventre caldo emanando un gradevole profumo sudamericano.

La donna con gli occhi marroni fissava Ibrahim e Ibrahim fissava lei. I loro sguardi non avevano bisogno di parole. Le parole erano nelle loro pupille; un marrone caldo come il centro della terra.

Quando Ibrahim bevve il caffè della donna, il suo viso si accese di una luce nuova come un'alba africana.

La donna e Ibrahim correvano con la loro immaginazione nelle savane, come gazzelle, come giovani zebre. Volavano nel cielo terso come le aquile reali.

Improvvisamente sul volto di Ibrahim la luce si spense. La tazzina di caffè era vuota. Il liquido caldo e bollente era solo un piccolo fuoco nello stomaco dell'uomo con la pelle nera.

La donna era solo la ragazza del bar, con gli occhi marroni e i jeans larghi come fosse un cowboy.

L'iguana aveva ripreso il suo riposo.

Ibrahim era un uomo con la pelle nera e un cappello Yankee sopra la sua testa. Si stava allontanando dal bar con la borsa delle illusioni sulle spalle. Quando si girò, per salutare la donna del bar, aveva ancora la bocca bianca come la neve.

La donna con gli occhi marroni guardava la sua sigaretta nel posacenere. Un piccolo cumolo grigio spiaccicato. Un gradevole profumo sudamericano le era rimasto nelle narici.

Il bar era tornato deserto.

Fuori solo immagini ingiallite.

"Ventiquattro ore a partire dalle sei di questa mattina" disse Tony Black.

"Sono già le dieci" obiettò l'uomo dagli occhi blu."

"La vita scorre in fretta."

"Mmm."

"Non mi ripeterò due volte; tu o la donna."

"Perché?" Chiese l'uomo dagli occhi blu.

"Perché la vita fa brutti scherzi alle volte."

"Perché a me?"

"Tu o un altro che differenza fa?"

"Perché la donna?"

"Quello non ti riguarda."

"Ma… "

"Dobbiamo tappare un buco."

"E io dovrei farla fuori per tappare un maledetto buco? Voglio sapere perché."

"Facciamo parte di un ciclo. Tutto qui. Il tuo ciclo prevede che tu faccia il tuo lavoro."

"Ma io non sono un professionista."

"Lo diventerai. Se vuoi salvarti il culo."

Tony Black era un poliziotto tutto d'un pezzo in una città tutta d'un pezzo. Solo che quel pezzo era andato a male e puzzava di marcio. Non c'era niente in Tony Black che non fosse scaduto e non c'era niente in quella città che non avesse dentro i vermi.

Tony Black non aveva conservato un briciolo di umanità e di dignità ed era corrotto come un panino al tonno e formaggio. Uno schifo. Era solo una bestia affamata e qualsiasi carne andava bene per il suo pasto. Mentre s'infilava la sua quarantacinque nella fondina sotto la spalla, sapeva che quel bastardo cui aveva affidato l'incarico era un grandissimo figlio di puttana e avere a che fare con lui non era il modo migliore per iniziare la giornata. In ogni caso, alle volte, la polizia aveva dei lavori sporchi da fare e i lavori sporchi era meglio affidarli ad altri di mattina presto.

Non era stato difficile per Tony Black convincere l'uomo con gli occhi blu. D'altra parte cosa poteva fare un uomo accusato d'omicidio quando la polizia gli proponeva un patto? Un patto per tornare libero? Accettarlo, anche se il prezzo da pagare era alto.

L'uomo dagli occhi blu era stato incastrato per essere utilizzato al momento giusto. Questo faceva la polizia quando i suoi uomini non sapevano come impiegare il tempo: incastrare uomini innocenti che si sarebbero rivelati utili. Niente di meglio di un uomo privato ingiustamente del suo onore e della sua libertà, con tutta la rabbia che aveva in corpo.

Così l'uomo dagli occhi blu adesso aveva il suo incarico: una donna con gli occhi marroni.

Non aveva potuto rifiutare. L'avrebbero sbattuto dentro a vita e probabilmente sarebbe finito sulla sedia elettrica senza tante storie. Quello era il posto migliore per una bestia che aveva fatto fuori una bambina. Certo non era stato lui. Lui non la conosceva nemmeno, ma l'opinione pubblica voleva un colpevole, così erano comparse le sue impronte su quel piccolo corpo trovato nel canale e anche lui si chiedeva come diavolo potesse essere accaduto.

Ma a volte le cose accadono, come d'incanto, per magia. In questo caso il mago era Tony Black o chi per lui.

Undici di mattina - Sesta ora

La donna con gli occhi marroni lavorava nel bar e mentre lavorava ascoltava il ritmo del suo respiro e quello dei suoi clienti. A quell'ora il bar era un rifugio di peccatori, un po' maledetti e un po' no. Un po' per bene e un po' animali. Belli e dannati ce n'erano, ma quelli avevano il futuro scritto in qualche film. Belli dannati e soli; gli sguardi di celluloide, il volto, le mani, il corpo di celluloide. Il loro futuro era scritto in un campo lungo. Troppo belli e troppo dannati per un piano americano. Troppo vuoti per un primo piano.

Persi via in qualche sceneggiatura, con i capelli al vento e le gambe lunghe, lunghissime, bianche, bianche e dannate, come loro. Venivano da fuori, dalle città vere, quelle alla moda, dove i bar erano American. Venivano da fuori senza mai aver mangiato la polvere senza...

Il bar era un rifugio per i vivi e il capolinea per i morti.

La musica del bar era una ballata o un requiem. Battesimi o funerali. Cerimonie sommarie. Battute veloci. Duelli... di parole.

"Ciao, come ti va?" *Bang*.

"Mmm." *Bang Bang*.

"Ma va!" *Bang*.

"Mmm." *Bang Bang*.

Solo cadaveri nella polvere.

All'amministrazione erano precisi e non volevano avere rogne.

Tony Black era puntiglioso nel suo lavoro.

"Il programma va rispettato" disse.

"Certo, capo" rispose il segretario.

"Appena quel bastardo avrà eliminato il 9867, dovrà essere tolto di mezzo."

"Perché non chiamiamo uno da fuori a fare il lavoro?"

"Non ce n'è bisogno."

"Perché?"

"Questa volta me ne occuperò io, di persona."

"Deve essere un tipo speciale."

"No, è solo uno che non mi piace."

Tony Black odiava le persone diverse da lui. Per questo faceva quel lavoro nell'organizzazione. Nella lista tutti erano diversi da lui e per questo dovevano essere eliminati. Certo, su ciascuno pendeva un'accusa specifica, dettagliata, ma alla fine il fatto era che tutti non avevano rispetto per le regole e per il mercato imposti dall'organizzazione.

L'uomo dagli occhi blu in particolare. Comunicava troppo con tutti ed era considerato un sobillatore. L'organizzazione voleva solo il rispetto delle sue regole e l'adattamento al suo mercato. Le mele marce dovevano essere eliminate, prima che facessero marcire tutte le altre.

Anche la donna con gli occhi marroni si era dimostrata troppo sensibile alla vita, con aperture eccessive nei confronti di altre persone contenute nella lista e questo bastava per renderla pericolosa. L'ultima cosa che voleva l'organizzazione era di trovarsi un gruppo affiatato, che magari avrebbe potuto dar vita ad una contro-organizzazione, di qualsivoglia colore o pensiero. No! Queste erano cose che andavano stroncate sul nascere e così bisognava fare sparire le teste di ponte. Erano lavori metodici che richiedevano pazienza, ricerche accurate e precisione. Si trattava di eliminare le persone più pericolose - quelle che l'amministrazione chiamava *i protagonisti* - in modo da far mancare trame fondamentali alla possibile ragnatela, per ricondurre tutto dentro la norma prima che fosse tardi.

Fortunatamente quelli che non erano *i protagonisti* avevano una spina dorsale senza midollo. Non si sarebbero dannati più di tanto e questo faceva gioco all'organizzazione.

Tony Black aveva accettato questo lavoro, sapeva esattamente cosa stava facendo ed era d'accordo su tutto: sulla lista, sui metodi, sugli obiettivi. Per la prima volta nella sua vita faceva qualcosa che gli piaceva e veniva pagato profumatamente per farlo. Inoltre agli occhi della gente appariva un poliziotto e quella era una copertura che gli dava una grande soddisfazione. Una pacchia.

Di lì a poco sarebbe entrato in azione per far fuori l'uomo con gli occhi blu e questo gli dava una certa carica elettrizzante. Qualcosa che il lavoro di burocrazia, per quanto eccitante e pignolo, non riusciva a fargli sentire. Una sana e perversa eccitazione.

Prima però doveva festeggiare con una puttana, perché da sempre amava anticipare i tempi e non c'era niente di meglio di una sana cavalcata, prima del salto di un ostacolo.

Ore Tredici - Ottava ora

Faceva più freddo quel giorno, faceva più freddo dentro il bar, per via del freddo che i clienti portavano da fuori. La donna con gli occhi marroni guardava le persone intirizzite e bianche. Le persone non guardavano la donna, ma si stringevano nelle loro maglie di lana. La macchina del caffè era in letargo e non sbuffava più.

La musica nel bar era una rumba gitana che raccontava di terre lontane e calde.

Fuori invece c'era un'aria che avrebbe infastidito anche un coyote.

Nel bar c'erano i soliti disperati e morti di fame.

Un vecchio si gustava un bicchiere di vino e brontolava tra sé.

"Pronto!" Una donna rispondeva ad un cellulare.

"Che vuoi?... Ti ho detto di non chiamarmi più... Va al diavolo."

Il solito extracomunitario vendeva compact disc, ma era solo un modo come un altro per vivere.

L'aiutante, una donna che preparava panini a ripetizione dietro il banco del bar, era isterica e schizzava nevrosi da tutte le parti.

Nel microonde migliaia di particelle organiche si surriscaldavano in un breve orgasmo interrotto dal suono del campanello.

Il freezer ronzava. I gelati erano solo un mucchio di ghiaccio alla panna e al cioccolato.

Un uomo consegnava scatole di prodotti alimentari mentre ingoiava un tramezzino.

Un cliente sovrappeso era in piedi davanti al banco del bar. In una mano aveva un bicchiere e con le dita scimmiottava il ritmo gitano della radio.

La donna con gli occhi marroni era seduta nel primo tavolino, vicino alla porta d'ingresso. Fumava la sua marlboro e leggeva le notizie di un quotidiano del giorno precedente. Leggeva sempre nel suo momento di pausa e le notizie erano tragedie stantie.

Due uomini erano seduti ad un tavolino e si guardavano affettuosamente negli occhi.

"Credo di volerti bene" disse quello biondo.

"Bene in che senso?" chiese l'altro. Aveva pochi capelli tagliati a spazzola ed un fisico improbabile, da boy-scout.

"Nel senso che sono pazzo di te" disse il biondo.

"Proprio quello che pensavo."

Fuori il coyote aveva cacciato un ululato che faceva venire i brividi.

L'uomo con il fisico improbabile, si era lanciato tra le braccia del biondo e gli aveva rifilato un bacio in bocca da fare paura.

"Oh mio dio!" La donna che preparava panini a ripetizione dietro il banco del bar si era lasciata sfuggire una focaccia di mano. Brandelli di prosciutto e resti di pomodoro si erano riversati sulle sue scarpe.

Il vecchio era quasi cieco.

Il tramezzino si era incastrato nella gola dell'uomo con gli scatoloni.

L'uomo sovrappeso aveva interrotto il suo ritmo

gitano. *Bip, bip*. La donna al cellulare schiacciava ripetutamente i tasti del suo telefono.

L'extracomunitario continuava a vendere compact disc, ma era solo un modo come un altro per vivere.

La donna con gli occhi marroni aveva alzato di poco il viso dai giornali. Un piccolo movimento di labbra aveva disegnato sul suo volto un sorriso che esprimeva tenerezza.

I due uomini si baciavano con ardore.

Il bar aveva il respiro di uno sciame di cavallette. La radio trasmetteva "Stranger in the night" di Frank Sinatra.

"E' stato fantastico" disse il biondo quando ebbero finito.

"Fantastico" confermò l'uomo con gli occhiali e ordinò un succo di pomodoro.

La donna con gli occhi marroni non avrebbe mai baciato un uomo che avesse bevuto un succo di pomodoro.

Il biondo la pensava diversamente.

Dopo che l'uomo con gli occhiali ebbe ingurgitato il suo intruglio, il biondo fu di nuovo con la sua lingua dentro la bocca dell'uomo con gli occhiali.

Un nuovo ululato del coyote giunse da fuori più forte del precedente.

Tonf! La donna che lavorava dietro il banco del bar, con i nervi a fior di pelle, era svenuta mentre stava preparando una piadina.

L'uomo degli scatoloni aveva vomitato il suo tramezzino, la donna con il cellulare era solo un ricordo umano, pigiava i tasti del cellulare con una frenesia vicina alla pazzia, mentre l'uomo sovrappeso era sparito.

Il vecchio non ci vedeva più e beveva il suo vino; l'extracomunitario continuava a vendere compact disc, ma era solo un modo come un altro per vivere.

La radio urlava "Kiss" di Prince.

La donna con gli occhi marroni, sorrideva, ma era solo un'ombra confusa sullo sfondo. La marlboro esalava l'ultimo respiro. La pausa era già un tempo che non c'era più.

Ore Quattordici - Nona ora

L'uomo dagli occhi blu aveva ricevuto una busta e dentro la busta c'erano le istruzioni. Poi gli avevano dato una pistola.

Quei bastardi dell'organizzazione sapevano fare il loro lavoro.

Dentro la busta c'era una fotografia della donna con gli occhi marroni e l'indirizzo del bar dove lavorava. Proprio come accadeva nei films. La pistola era una calibro trentotto.

Se n'era andato dall'ufficio di Tony Black con la busta tra le mani e un senso di desolazione. Aveva girato per ore e poi si era seduto in un caffè, per pensare.

"Che cosa prende" gli aveva chiesto il barista.

"Un caffè."

"E poi?"

"Un caffè e basta."

"Un caffè e basta. Tutti uguali."

"Come?"

"Tutti uguali. E' il duecentesimo caffè oggi."

"E allora?"

"Niente."

"Come niente?"

"Niente, punto."

L'uomo dagli occhi blu osservò il barista. Si domandava perché non gli avessero affidato quel bersaglio. Sarebbe stato più facile far fuori un idiota.

Mentre aspettava posò la busta sul tavolo senza togliergli gli occhi di dosso. Ad un certo punto si decise. Prese la busta ed estrasse la foto. Una ragazza con due occhi marroni molto espressivi e lucidi gli sorrideva.

Il sorriso era bianco e sincero. I capelli neri e lisci erano raggruppati in una piccola coda, ma poi cadevano scomposti in avanti e sui lati del viso come fuggiti dalla costrizione.

Era un bel primo piano.

"Ecco qua - il barista era arrivato con il caffè - che foto è?" chiese sbirciando.

"Sono cose che non la riguardano" disse l'uomo dagli occhi blu, mentre faceva scivolare la fotografia dentro la busta.

"Non gliela mangio mica."

"Lasci stare."

"Era una donna?"

"Forse."

"Non vi vedete più, eh?"

"Proprio così."

"Allora era una donna."

"Può darsi."

"Tutti uguali. Si siedono qui e piangono."

"Cosa dice?"

"Niente."

L'uomo dagli occhi blu aveva caldo e il piccolo bar gli stava stretto. Alzandosi dal tavolo infilò la busta in tasca.

"Quanto le devo?"

"Il solito per un caffè. Oggi è il duecentesimo."

"Già."

"Era una donna?"

"Può darsi."

"Allora vedrà che saranno guai."

"Forse."

L'uomo dagli occhi blu era uscito dal bar con una nausea più forte.

Il barista bestemmiava con un nuovo cliente che aveva ordinato un altro caffè.

La città ansimava e dava il voltastomaco, mentre l'uomo dagli occhi blu era un killer controvoglia che doveva per forza assolvere il suo incarico. Più che un killer sembrava un dannato pistolero.

Ore Quindici - decima ora

Siamo tutti eroi.

La donna con gli occhi marroni glielo leggeva in fronte.

L'uomo era entrato nel bar come un sopravvissuto, uno di quelli che hanno venduto l'anima al diavolo e invece era solo un impiegato di banca con la cravatta al collo, la giacca all'ultima moda e uno strano odore dalla vita in giù.

Un rapinatore, uno di quei buoni a nulla con la pistola, gli aveva puntato un fucile a canne mozze proprio in fronte. Nel mezzo della sua bella fronte alta e spaziosa, piena di interessi e tassi di sconto.

"Ok. Questa è una rapina, eccetera eccetera..."

"Merda" aveva esclamato lui e merda era quella che gli aveva riempito i pantaloni. Poi era filato tutto liscio. Il rapinatore si era portato via il malloppo e la banca era tornata alla sua attività di routine: fregare il prossimo e nascondere i soldi sotto il suo materasso.

In realtà la storia come la raccontava l'impiegato di banca era di gran lunga più interessante: "Una dozzina di energumeni sono entrati armati di Kalashnikov. Uno di loro aveva anche una bomba a mano. Erano terroristi, volevano i codici segreti per forzare la Banca Centrale. Un'azione internazionale, CIA, Federal Reserve, eccetera, eccetera. Ne ho steso uno con un colpo di karatè, l'ho beccato in pieno viso. Quel bastardo grondava sangue come una fontana.

Un altro bastardo mi ha sparato addosso una raffica. Io mi sono buttato e..."

"Ti sei cagato addosso." La donna con gli occhi marroni l'aveva freddato. Parole come pallottole.

L'impiegato di banca era ammutolito.

La scritta in fronte era cambiata: *Sono uno stronzo*.

E si sentiva!

Ore Sedici - Undicesima ora

Una puttana è una puttana, ma ci sono puttane e puttane. Quella che aveva scelto Tony Black per festeggiare era una strafiga: bionda e con un corpo da sballo. Un corpo al limite. C'era sempre un limite, a tutto. Quel gran pezzo di carne con la testa sopra aveva una voce un po' stridula, ma per l'uso che doveva farne Tony Black era un dettaglio irrilevante. Quello che contava era che quel corpo avesse tutti i pezzi a posto e che funzionassero a dovere. Si poteva accettare una Ferrari smarmittata, anche di pomeriggio, purché filasse come un siluro verso il paradiso.

Quando il corpo al limite si tolse la vestaglia color porpora, Tony Black rimase senza fiato. Un bocconcino da un metro e ottanta con un completino intimo da urlo dentro due scarpe nere con i tacchi a spillo. Aveva la pelle lucida e le gambe nervose. I glutei liberi nel perizoma erano due mondi tutti da esplorare. Un culo da incorniciare. Niente di nuovo, ma questa non novità si riproduceva in maniera eccellente. C'era una cosa che stupiva ancora Tony Black e riguardava la sua incapacità di resistere ad una puttana. Nonostante fosse un duro, c'era qualcosa che lo rincoglioniva quando si trovava di fronte donne di quel tipo. Le puttane erano le uniche che potevano mettere sotto Tony Black, in tutti i sensi.

"Cosa posso fare per te, Baby?"

Tony Black aveva già il sangue al cervello, e anche da qualche altra parte. Non parlava mai con le puttane, agiva soltanto.

Il suo corpo diventava quello di una bestia impazzita, un lupo che avrebbe sbranato anche la madre. La natura però gli aveva fornito un attrezzo troppo piccolo e le sue puttane non godevano mai, ma anche questo era solo un dettaglio irrilevante.

"Sì così, così, fammi morire..."

La puttana fingeva spudoratamente, era brava nel suo lavoro, ma non sapeva a cosa andava incontro.

Tony Black era solo una furia senza controllo, con un attrezzo troppo piccolo e questo non poteva accettarlo.

"Fammi morire..."

Un desiderio che Tony Black non tardò ad esaudire. Le sue mani erano una morsa attorno al collo del corpo al limite. Sotto la stretta del lupo impazzito, il pezzo di carne si era fatto piccolo piccolo, solo un trancio esposto in macelleria.

Tony Black non sopportava le puttane che non godevano con lui, praticamente non sopportava le puttane.

Ore Diciassette - Dodicesima ora

Fuori dal bar i tavoli erano in ordine. Gli ombrelloni barcollavano sospinti dalla solita brezza.

La donna con gli occhi marroni era dietro il banco del bar e guardava oltre le vetrate.

Un uomo e una donna sedevano infreddoliti ad uno dei tavolini e consumavano i loro drinks.

"Al diavolo, al diavolo, al diavolo!" la donna che aveva un'evidente galleria tra gli incisivi superiori cominciò a sbraitare come una pazza, come se le si fosse cotto il cervello.

La donna con gli occhi marroni stringeva il vassoio vuoto nelle mani. Osservava la scena come fosse un film che si proiettava lì davanti a lei.

"Non c'è bisogno di incazzarsi per una patatina nel bicchiere" disse l'uomo che stava accanto alla donna con la galleria tra gli incisivi. Era alto, brizzolato e portava un paio d'occhiali rosa, da byker.

"Non mi sto incazzando, sto solo cercando di capire come può essere finita proprio nel mio bicchiere, nel mio drink" la donna aveva la voce alterata, qualcosa le andava storto nella vita.

"Non mi sembra il caso di farne un dramma, tutto qui" ribadì l'uomo, proprio mentre un maledetto piccione stava sorvolando i tavolini del bar.

La donna con gli occhi marroni era come rapita dalla scena. Le sue mani avevano allentato la presa sul vassoio. Solo un pezzo di latta senza vita.

Il piccione aveva un ghigno diabolico e con quel ghigno stava per colpire. Al momento giusto sganciò la sua carica intelligente. La precisione matematica con la quale il residuo organico andò ad immergersi nel liquido arancione della donna con la galleria tra gli incisivi era veramente ragguardevole.

Uno schizzo improvviso fuoriuscì dal bicchiere e un'esplosione di bollicine si disperse sulla tovaglia multicolore.

"Dannazione!" La donna gridò tutta la rabbia, che fuoriusciva dalla galleria tra gli incisivi come una lingua di fuoco.

In cielo il piccione era già lontano, il ghigno diabolico si era trasformato in un sorriso di soddisfazione.

L'uomo con gli occhiali da byker non riuscì a trattenere una sonora risata. Quando si trovò la canna di una Smith & Wesson puntata alla tempia smise all'improv-viso. Il ferro era gelido. La mano della donna ben salda.

Dietro agli occhiali gli occhi dell'uomo erano solo due palle di vetro.

"Non ridi più adesso, idiota" disse la donna. I suoi incisivi sembravano due spietati assassini; sporgevano dalla bocca più affamati e grandi.

L'uomo era rigido, imbalsamato. Avrebbe voluto balbettare, ma la voce era solo un ricordo lontano. Sotto la sua sedia si era concentrata una macchia liquida scura.

Tra i tavolini era caduto un silenzio irreale. La città era confusa sullo sfondo, ma faceva parte di un quadro diverso. Non c'erano più piccioni in cielo, solo

nuvole nere. Un vento gelido spirava da ovest solle-
vando mozziconi di sigarette e polvere, la solita ma-
ledetta polvere.

Quando la donna tirò il grilletto si sentì un rumore
di una latta che andava a sbattere al suolo.

La donna con gli occhi marroni aprì gli occhi
all'improvviso. Il vassoio le era scappato dalle mani
rovinando a terra. La proiezione si era interrotta improvvisamente.

Fuori dal bar una donna puntava il suo indice sulla
fronte di un uomo. La donna aveva una galleria tra
gli incisivi superiori.

L'uomo aveva gli occhiali rosa da byker e rideva,
rideva.

Ore Diciotto - Tredicesima ora

Gli avevano dato solo ventiquattro ore e gliele avevano date con quattro ore di ritardo. Era già pomeriggio inoltrato e aveva poco tempo per far fuori una donna che non conosceva. Forse era solo un brutto sogno. Forse di colpo si sarebbe svegliato, ci avrebbe fatto sopra una bella risata e poi avrebbe giurato di non mangiare più pizza con i peperoni prima di andare a dormire. Ma non c'era stata nessuna pizza con i peperoni. L'uomo dagli occhi blu odiava la pizza con i peperoni. In tasca aveva una busta e nella fondina sotto la spalla una pistola. Era tutto vero.

L'uomo dagli occhi blu sapeva solo camminare da quando Tony Black gli aveva affidato quel maledetto incarico. Sembrava un dannato pistolero, senza quartiere e senza città. Camminava per le vie come un fantasma e guardava avanti a sé. Credeva di vedere l'ombra di una donna che scivolava furtiva, spariva e ricompariva all'improvviso, poi sentiva rimbombare nella sua testa uno sparo e l'ombra furtiva si immobilizzava di colpo con un foro bianco all'altezza del cuore.

"Scansati, idiota!" Un automobilista aveva inchiodato lasciando due lunghe strisce nere sull'asfalto.

L'uomo dagli occhi blu era in mezzo alla strada e davanti a lui c'era il muso di una vecchia Mercedes. L'uomo si era sporto dal finestrino ed aveva una faccia come un maiale.

"Che cazzo ci fai lì impalato? Vuoi spostarti o ti devo spaccare il muso?"

"Ok, ok..."

"Ok un corno. Alza il culo in fretta, brutto idiota!"

Il pistolero pensava che anche quello sarebbe stato un eccellente incarico: un maiale alla guida di una Mercedes, un maiale cui fare saltare il cervello al posto della donna con gli occhi marroni.

"Merda" disse il pistolero.

"Vaffanculo..." Il maiale aveva schiacciato l'acceleratore ed era partito a razzo con la sua Mercedes, facendo patinare le ruote e lasciandosi dietro un fumo biancastro e un odore pungente di gomma bruciata.

La città era un intreccio di strade senza fine, popolata di numeri, incarichi e bersagli e tutto girava come fosse una giostra nella fiera delle illusioni.

Il bar dove lavorava la donna con gli occhi marroni era a pochi isolati di distanza.

Ore Diciannove - Quattordicesima ora

L'uomo dagli occhi blu era entrato nel bar e si era seduto ad un tavolino, defilato nell'angolo.

Dietro il banco del bar c'era il suo incarico.

Il pistolero guardava la giovane donna muoversi. Aveva le movenze di un cowboy, ma era il cowboy più femminile che si fosse mai visto. La fotografia contenuta nella busta non le rendeva giustizia. I suoi occhi non erano solo marroni, ma avevano un taglio felino come quello di un puma. I suoi capelli erano maledettamente ribelli e selvaggi con ciuffi sbarazzini che s'incrociavano nell'aria ed il suo sorriso una pugnalata di gioia. Il pistolero con i suoi occhi blu aveva un bruciore allo stomaco come se avesse ingoiato polvere da sparo. La donna con gli occhi marroni muoveva l'aria, quasi fosse una danza erotica, il suo movimento era tutto un riprodursi di forme eccitanti e meravigliose. C'era qualcosa in lei che era allo stato brado e muoveva con la stessa eleganza e potenza di uno stallone, non ancora domato, che correva libero nelle praterie. Dentro i jeans, le gambe erano una scarica d'adrenalina, il ventre il nucleo di un vulcano, la schiena e le spalle una colata di lava bollente sopra la terra indurita.

L'uomo dagli occhi blu era nella merda. Il suo incarico non era solo una donna, ma una carica esplosiva che gli si era già innescata dentro senza che potesse in qualche modo fermarla. Aveva ragione Tony Black: "Alle volte la vita fa brutti scherzi."

Quello era proprio uno scherzo del cazzo.

C'era una donna cowboy che era un sogno, c'era un pistolero che aveva incontrato il suo sogno e c'era una trentotto pronta a fare fuoco e a cancellare tutto nel tempo di uno sparo.

"Desidera?" Il cowboy si era avvicinato al tavolo del pistolero.

Il pistolero guardava gli occhi marroni, aveva i suoi blu dilatati con dentro qualcosa di umido e non parlava.

"Scusi. Desidera?"

"Ehi... c.i.a.o..."

"Ciao. Cosa ti porto?"

"Come?"

"Cosa ti porto...Cosa vorresti bere?"

"Ah... ehhh..."

"Qualcosa non va?"

"No... è... questo tempo... forse... pioverà..."

La donna con gli occhi marroni guardò fuori. Non c'era una nuvola.

"Capisco... ti porto un caffè?"

"Un caffè?"

"Un caffè."

"No."

"No?"

"Boh..." Era facile rimbambirsi con davanti roba che scottava come quella. Quel cowboy era uno schianto e da vicino emanava un vortice caldo. La sua voce era una carezza nel buio e quegli occhi...

quegli occhi avevano un universo intorno che girava in maniera folle attorno al pistolero.

"Un bicchiere d'acqua?"

"...Si!" Ce l'aveva fatta. Un bicchiere d'acqua era un'ottima scelta.

La donna con gli occhi marroni aveva alzato i tacchi. Si dirigeva verso il banco del bar portandosi dietro tutto il suo movimento.

Il pistolero sudava freddo.

Non c'era giustizia per lui.

Non si fermò ad aspettare il bicchiere d'acqua e uscì in strada.

La donna con gli occhi marroni l'aveva visto con la coda dell'occhio, dal banco del bar e sorrideva. Aveva capito che l'avrebbe rivisto presto, molto presto.

L'organizzazione era una vera e propria impresa che aveva come obiettivo la massimizzazione del profitto. Soltanto che l'utile era quantificabile in termini un po' meno diretti rispetto ad un'impresa tra-dizionale. Per l'organizzazione i dati statistici erano particolari. Misuravano il trend in funzione degli eventi. Gli eventi dipendevano dalle persone presenti nella lista ed avevano un segno positivo. In sostanza l'eliminazione fisica di un uomo significava sempre un aumento dell'utile. C'erano tutti gli elementi per migliorare in corsa durante l'anno che era diviso in trimestri, ciascuno con un preciso budget. Un numero di codici della lista da eliminare in un dato periodo, i costi da sostenere per compiere il lavoro, i costi per i dipendenti fissi e per i collaboratori, i costi per i materiali e gli extra, eccetera, eccetera. L'amministrazione aveva il suo bel da fare per gestire tutto, ma la struttura era rodata e soprattutto poteva contare su personale selezionato. Per entrare nell'organizzazione erano necessarie alcune caratteristiche indispensabili, come la laurea in materie che non fossero umanistiche ed un'età non inferiore ai ventiquattro anni. Naturalmente c'erano delle eccezioni, venivano assunti anche ragazzi o addirittura bambini, ma quelli facevano parte dei corpi speciali. Un corpo speciale si dedicava a casi speciali, senza limitazioni. Poi c'erano i collaboratori esterni e gli innocenti-colpevoli. I dipendenti dovevano sostenere e superare brillantemente alcuni test, di intelligenza, di sopportazione del dolore fisico e della morte altrui. Una volta accettato il regolamento che tutelava in qualche modo i dipendenti dalla possibilità d'essere eliminati, ma non sempre poteva funzionare, veniva prestato giuramento. Una sorta d'atto di fede nei confronti dell'organizzazione, delle sue regole e del mercato.

Tony Black e il segretario erano in ufficio.

Tony Black guardava fuori dalla finestra ed aveva ancora il sapore della donna in bocca.

"Qualcosa mi dice che siamo in rimonta" disse il segretario consultando un file che si chiamava stat01 sul computer.

"Può ben dirlo" disse Tony Black.

"Come dice che chiuderemo?"

"Più o meno al dodici per cento più."

"Un buon risultato."

"Decente. Potremmo migliorare."

"Abbiamo ricevuto altre telefonate?"

"No."

"Allora chiuderemo al dodici."

"Credo proprio di sì."

"Come è andata prima?" Il segretario cambiò discorso.

"Niente di particolare. La solita cosa con la solita donna noiosa" rispose Tony Black.

"E com'era?"

"Chi?"

"La donna."

"Un culo da favola e un collo ideale per una bella collana."

"Siamo già ai regali allora?"

"Mmm…"

"Mi scusi non volevo..."

"Meglio così."

Il segretario aveva chiuso la sessione sul computer. Il video era diventato tutto nero con una pallina luminosa al centro che andava scomparendo.

"Allora io vado a bere un caffè... lei?"

"No grazie."

"A... più tardi... dottor Black."

Ore Ventuno - Sedicesima ora

L'inverno si era presentato all'improvviso e braccava la donna con gli occhi marroni che si sentiva la nebbia sul collo e la brina tra le dita. L'estate era un ricordo e ne sentiva forte il distacco. Un pugno nello stomaco e un rifiuto. Maledetto inverno, spigoloso e triste. Si faceva avanti senza pietà come un assassino, pronto a colpire con gelida determinazione.

La donna desiderava essere altrove, dove il cielo e il mare si confondevano in un unico blu, dove la sabbia bianca infuocata era una distesa d'impronte e di notte un letto sotto le stelle, dove il profumo del mirto era aria da respirare, dove la vita era solo un discorso a due tra lei e il sole. Invece era nel Bar, con un vistoso foulard nero al collo, i jeans come quelli di un cowboy e gli stivali che non lasciavano impronte sul pavimento. Aveva i capelli raccolti sulla nuca in un piccolo codino basso e lunghi ciuffi neri ribelli si mescolavano al viso senza sorriso. I suoi occhi marroni erano scuri e fondi, neri. Il Bar era una piattaforma riscaldata artificialmente che aveva un tempo di ritardo. I clienti erano rallentati nelle loro azioni e tutto girava come un vecchio disco in vinile fuori giri.

Due gemelle erano sedute impietrite al loro tavolo come ad un museo delle cere. In perfetta sincronia accendevano la loro sigaretta e la sigaretta sputava un fumo solido e bianco. Una donna cieca vedeva il mondo come un luna-park, con i giochi degli specchi, il calcinculo e le montagne russe. Un gruppo di bancari che avevano fatto troppo tardi in ufficio si fissavano tra loro in silenzio e nei loro occhi giravano dollari $$$$. Il banco del bar era un mastodontico leone marino addormentato. Le vetrate del bar erano bianche, appannate dalla condensa.

Fuori il vento soffiava sulle piante, tra i vasi di cemento. Gli ombrelloni sembravano alberi senza foglie, i tavolini addossati al muro, una macchia e le sedie un groviglio di ragni infreddoliti. La città era uno scheletro senza cappotto. Le ossa erano dappertutto, i resti di una carogna nel deserto.

Ore Ventidue - Diciassettesima ora

L'ufficio era funereo. Le pareti erano grigie. Niente fotografie appese, portavano male. In mezzo alla stanza c'era un tavolo nero con una sedia girevole su cui era spaparanzato Tony Black. Una scrivania più piccola, nera anch'essa, ospitava un computer. Davanti al computer sedeva il segretario.

"Crede che l'uomo con gli occhi blu ce la farà?" Chiese il segretario.

"È un bastardo. Ce la farà" rispose Tony Black.

"E se non ce la facesse?"

"Mi sono mai sbagliato a scegliere un killer?"

"A dire la verità…"

"Cosa?"

"A dire la verità quella volta dell'uomo con la tunica."

"Quello era un prete, perdio…"

"Appunto quella volta del prete che…"

"Come potevo immaginare che si sarebbe ammazzato… un prete?"

"Anche questo è vero, ma non aveva scelta."

"Non c'è mai scelta. Lei cosa farebbe?"

"Io sono solo un gira carte."

"Lo so. E allora… cosa cazzo farebbe se si trovasse là fuori e la regola fosse o lei o il bersaglio, un piccolo stronzo che cerca di mandarci con le palle all'aria?"

"Credo che mi adeguerei."

"Risposta esatta. Si adeguerebbe."

"Già."

"É fantastico sentire queste parole. Si adeguerebbe. Questo è quello che vogliamo: che le persone si adeguino."

"Non ci avevo mai pensato."

"Lei non è pagato per pensare."

"Vero."

"Lei è pagato per adeguarsi, girare le carte e tenere a mente i numeri."

"Girare le carte e tenere a mente i numeri."

"Esatto."

Il segretario non era una persona colta, ma molto me-todica, addirittura ossessiva.

Tony Black lo considerava meno di zero. Faceva proprio al caso suo.

"Comunque... quel bastardo è un osso duro" disse Tony Black.

"Pareva anche a me, Signore."

"Mmm…"

"Ha visto che occhi..."

"Non mene frega un cazzo dei suoi occhi. Non me ne frega un cazzo di nulla. Domani sarà l'ora della donna e poi di quel fottutissimo coglione."

"Ma..."

"Se non lo farà allora li sistemerò io tutt'e due!"

"Proprio come pensavo, Signore."

"Lei non è pagato per pensare...."

"Mi scusi."

"Mmm…"

Tony Black era proprio una carogna. Spaparanzato sulla sedia era una carogna che stava molto comoda.

Ore Ventitré - Diciottesima ora

Fuori tutto girava come un film. Il regista era il diavolo in persona.

Pozzanghere, odore di patatine fritte e cibo cinese, spaghetti bruciati, soia al vapore o giù di lì.

Il vicolo era pieno di escrementi, preservativi usati e macchie scure come di olio o roba del genere.

Due ragazzi in un angolo erano fatti come margarina.

Un gatto a pancia in su aveva mangiato troppa erba e lanciava mugolii quasi umani.

Una donna prendeva a schiaffi un bambino.

Un uomo prendeva a schiaffi la donna che prendeva a schiaffi il bambino.

Il pistolero avrebbe preso volentieri a calci in culo l'uomo che prendeva a schiaffi la donna che prendeva a schiaffi il bambino. Invece rimaneva a guardare per non sporcare la punta dei suoi stivali. Non voleva merda sui suoi stivali. Negli occhi blu il pistolero aveva disegnata una traccia marrone.

In fondo al vicolo una nebbiolina grigia saliva da un tombino. Lì vicino un sacco d'immondizia era stato rovesciato a terra. Alcuni rifiuti erano finiti in strada: una scatola di tonno con sopra scritto *salviamo i delfini*, un pacchetto di After-Eight e un perizoma rosso con un cuoricino ricavato dietro, sul filo interdentale. Da una finestra si riversavano nel vicolo gemiti bollenti. Un uomo e una donna facevano l'amore. Due corpi caldi che erano uno solo. *Gnec gnec*, il materasso cigolava al ritmo dell'accoppiamento.

Il pistolero ascoltava in silenzio. Avrebbe voluto fumarsi una sigaretta, ma non fumava. Dannata precisione.

Il gatto era schiattato del tutto e i due ragazzi erano in viaggio per le indie ormai.

Gli schiaffi dell'uomo e della donna erano una batteria in sottofondo: *sciaf, sciaf.*

Gnec gnec, sciaf sciaf! Roba da far impallidire i Caballeros.

I Caballeros suonavano al Blue Moon. Il miglior gruppo country in circolazione. Erano in cinque. Quattro indiani americani, come gli Apaches, quella roba che si vedeva solo in televisione e una donna come una botte, grassa da vomitare. Si chiamava Penny. Quando suonavano loro il Blue Moon si trasformava in una bolgia impazzita. Roba da ultima frontiera.

Gnec gnec, sciaf sciaf. Il Blue Moon era in delirio. Penny e il suo lardo erano una vibrazione sola.

Il pistolero ascoltava in silenzio la notte e la notte lo mandava a fare in culo con il suo *Gnec gnec, sciaf sciaf.*

Il pistolero avrebbe voluto fumarsi una sigaretta, ma non fumava. Dannata precisione.

Mezzanotte - Diciannovesima ora

Il pistolero era tornato nel bar e aveva una domanda per la donna con gli occhi marroni che era immobile dietro al banco.

"Da dove vieni?"

"Dal centro della terra."

"Dal centro?"

"Dal centro."

"L'avevo capito."

"Da che cosa?"

"Gli occhi."

"Gli occhi?"

"Già."

"Cos'hanno i miei occhi?"

"Sono marroni e caldi."

"Caldi?"

"Caldi."

"E allora?"

"Allora l'avevo capito e poi come ti muovi..."

"Come mi muovo?

"Sì, come ti porti in giro, come muovi l'aria."

"Muovo cosa?"

"L'aria, l'aria, c'è qualcosa..."

"Senti, non credo che..."

"Ehi, non volevo offenderti, è che c'è qualcosa dentro di te e io lo sento... capisci?"

"No, non capisco."

"Ma sì! Io sono lì fermo che ti guardo."

“Tu, fermo, mi guardi?”

“Sì che ti guardo e tu ti muovi.”

“Io mi muovo.”

“Sì, ti muovi. Prima il ventre.”

“Il ventre?”

“Sì, il ventre e poi è come se il tuo corpo partisse sospinto dall’impulso, ma non è solo un corpo, non basta.”

“Non basta?”

“No, non basta. C’è l’aria ma c’è anche la terra, come se tu fossi terra e aria insieme.”

“Insieme!”

“Sì, un ritmo appassionato. C’è il fuoco.”

“Il fuoco?

“Aria, terra e fuoco, ma non basta.”

“Non basta ?”

“C’è l’acqua. Un fiume in piena, il Rio Grande.”

“Tu sei pazzo.”

“Il Rio grande. Un’enorme distesa d’acqua che avanza inesorabile.”

“Io, il Rio Grande...”

“Sì, tu, il Rio Grande che si trascina. Poi l’acqua s’infiamma.”

“Come?”

“Sì, l’acqua prende fuoco e soffia il vento e l’aria trasforma l’acqua e il fuoco in terra. E’ un cerchio che si chiude, passo dopo passo.”

“Un cerchio che...”

“Sì, ogni tuo passo chiude il cerchio.”

“Il cerchio...”

“L’acqua, l’aria il fuoco, la terra.”

“Sei sicuro di stare bene?”

“Mai stato meglio.”

“Mai?”

“Mai.”

“Allora posso andare?”

“Vai.”

“E tu che fai?”

“Io ti guardo mentre ti muovi.”

“E poi?”

“Niente. Mi piace guardarti mentre ti muovi. Sento che sono vivo.”

“Che cosa senti?”

“Sento nella mia pancia qualcosa che brucia, ma è piacevole.”

“Ti brucia la pancia ed è piacevole? Poi?”

“Poi il caldo mi sale su e non riesco a trattenere gli occhi.”

“Gli occhi?”

“Sì, gli occhi mi si strizzano e mi sento bene.”

“Io cammino. Tu strizzi gli occhi e ti senti bene.”

“Sì, così, e mi viene voglia di sorridere e di gridare.”

“Che cosa?”

“Che mi fa impazzire come ti muovi. Vorrei saltare”

“Gridare, saltare. Sei sicuro che...”

“Sto bene, sto bene è solo che quando ti muovi c’è... c’è qualcosa che... avrei voglia di saltare e di...”

“Oh mio Dio, saltare!”

“Sì, ma è una cosa forte... più forte di me... io lo sapevo che non dovevo dirtelo.”

“No, solo che è strano, non mi è mai successo e poi...”

“Poi?”

“Niente.”

“Ma hai detto: poi.”

“Sì, ma era così per dire, solo per dire, un poi alle volte si dice...”

“Così tanto per dire?”

“Sì per dire, ma adesso vado.”

“Allora vai?”

“Sì c’è gente e poi...”

“Hai detto poi, un’altra volta. Così tanto per dire...”

“Sì tanto per dire... Ciao...”

“Ciao, cowboy...”

Il pistolero guardava la donna allontanarsi. L’acqua del fiume era una carezza. Il fuoco che usciva dall’acqua un caldo abbraccio, l’aria che soffiava sul fuoco e sul fiume un bacio appassionato come il centro della terra.

Era già lontana dietro il banco del bar: il Rio Grande dietro il banco di un bar. Strano quello che si poteva trovare in quella città.

Il pistolero era di nuovo in mezzo alla strada. C’era solo asfalto e nessuno muoveva l’aria attorno a lui.

L'una di notte - Ventesima ora

Il bar era un contenitore di leggende.

La donna con gli occhi marroni raccontava una storia ad un cane infreddolito che aveva bussato alla sua porta e che era seduto sulle zampe ad ascoltare:

"La città era una fornace bianca.

Nella piazza i marmi e le pietre erano lastre roventi.

Un uomo sputava per terra. Il suo sputo era l'inferno.

Amani era vecchio e stanco.

I suoi lineamenti ricordavano un Sioux.

Quando era entrato nel bar le sue tasche erano vuote.

Vi rimase per un mese. Aveva un forte senso civico. Sparecchiava i tavoli ed in cambio beveva caffè. Beveva caffè e sputava l'inferno.

Amani era un pakistano senza il permesso di soggiorno.

Ancora una volta il destino aveva vomitato un'ombra.

Il bar l'aveva adottata.

Quando Amani era arrivato aveva pronunciato parole incomprensibili. Poi aveva imparato la nostra lingua e promesso sandali di cuoio per ciascuna delle ragazze del bar.

Quando se n'era andato aveva pronunciato solo addio.

- *Addio*- *disse il pakistano con i lineamenti da Sioux.*

- *Addio*- *rispose il bar e il pakistano svanì.*

Ancora una volta l'ombra inseguiva il suo destino.

In certe giornate, quando l'estate cuoce l'aria e la pelle i fondi di caffè dicono che Amani tornerà.

Ha promesso sandali di cuoio per ciascuna delle ragazze del bar".

Due di notte - Ventunesima ora

L'aria era rarefatta e lo stomaco gli bruciava.

L'inferno in persona bussava alla sua porta, ma c'era un posto speciale per l'inferno nel suo cuore maledetto. Il suo cuore rotolava. Il mondo era troppo piccolo.

La donna con gli occhi marroni era una visione troppo bella per essere vera. Un cowboy con le gambe lunghe e la pistola.

L'uomo dagli occhi blu vagava per la città con la sua vita tra le mani e rideva di sé. La vita era una secchiata di acqua gelida e il mondo era troppo freddo per asciugarsi al sole. Il pistolero era un piccolo squarcio blu, ma il mondo era troppo piccolo per lui. La traccia marrone nei suoi occhi era indelebile ormai. Terra nei suoi occhi di cristallo, terra che si era disegnata dolcemente dentro di lui, terra che era un sogno, ma il pistolero era solo un cuore, senza quartiere e senza città.

La donna con gli occhi marroni era un cowboy troppo bello per essere vero, un cowboy troppo dolce per essere vero, un cowboy troppo vero per essere vero. L'uomo dagli occhi blu era solo un dannato pistolero, un piccolo squarcio blu, troppo blu per essere vero.

Tre di notte - Ventiduesima ora

Il pistolero era riuscito a parlarle. Tutta una serie di fesserie sul suo corpo che si muoveva e il Rio Grande, l'aria, il fuoco, eccetera, eccetera. Non una parola sul fatto che di lì a poco l'avrebbe eliminata dalla faccia della terra. Tanto non ci avrebbe creduto. Chi poteva credere ad un'idiozia del genere detta da uno che non riusciva ad ordinare un caffè.

L'uomo dagli occhi blu si sentiva un perfetto idiota e adesso era anche innamorato del suo bersaglio.

Sarebbe stato meglio estrarre la trentotto davanti a lei e... *pam*... un colpo secco in mezzo al cuore come aveva fatto poche ore prima con l'ombra che gli attraversava il cervello, ma la donna con gli occhi marroni non era un'ombra. Era vera perdio, con tutta la sua carne che gli era entrata nelle viscere e si agitava dentro di lui come una tormenta. Quando si placava il vento nel suo stomaco sorgeva un'alba meravigliosa, con un cerchio di fuoco che saliva sopra il deserto e disegnava ombre tra le dune di sabbia. Tra le ombre si nascondevano due amanti fatti di mille granelli rosa che si abbracciavano e si confondevano l'un l'altro. Due corpi d'oro appassionati e complici in una natura incontaminata e solitaria.

Il pistolero era un animale ferito e sognava la sua donna cowboy. La abbracciava, le sfiorava le labbra, e sentiva il suo movimento vibrare dentro. Sentiva una musica crescere. Il suono di un rock che aveva

tutta la forza di un rodeo e la potenza di un toro sca-
tenato da domare. Avrebbe potuto spaccare il mondo
in mille pezzi e voleva gridare.

"Aaahhhhhh" non riuscì a trattenere l'urlo.

Una vecchietta con un gatto in braccio si era ferma-
ta all'improvviso, terrorizzata, sul marciapiede di
fronte a lui. Lo aveva guardato negli occhi per una
frazione di secondo e poi se l'era filata come una ragazza davanti ad un maniaco sessuale.

L'uomo dagli occhi blu si sentiva sempre più idiota.

Un campanile batteva parecchi rintocchi.

Mancava poco ormai.

Quattro di notte - Ventitreesima ora

Tony Black era vestito tutto di nero. Aveva un ghigno beffardo in viso. Una iena pronta ad assalire la preda. Era uscito in strada con la sua quarantacinque nella fondina sotto la spalla.

L'organizzazione offriva delle ottime opportunità per scaricare la tensione e far fuori l'uomo con gli occhi blu sarebbe stato meglio di una sauna al Body-Club.

Tony Black camminava calmo e fiero della sua carica di difensore della legge, con le mani nelle mani avvolte in un paio di guanti di pelle nera.

Per le strade non c'era nulla e quel nulla girava con meccanica precisione. Gli omini rispettosi della società perfetta in cui vivevano dormivano nelle loro case.

Un sistema perfetto che era il delirio di un dio. Tony Black era orgoglioso d'essere uno dei fautori dell'ordine. Si considerava un'artista che aveva un metodo e che contribuiva a dar vita ad uno spettacolo senza fine. Probabilmente quel dio aveva una considerazione altissima di Tony Black e Tony Black lo sapeva.

Cinque di mattina - Ventiquattresima ora

Nell'ufficio con le pareti grigie una musichetta metallica si ripeteva malinconicamente. Una ballerina con un tutù bianco girava su se stessa con le braccia distese, sopra un carillon che stava sulla scrivania nera.

"Due di picche, asso di cuori..."

Il segretario giocava e parlava da solo. Un vero solitario.

Sulla scrivania nera le carte sembravano tante piccole fotografie.

Il segretario aveva un debole per le carte e per le fotografie. Quando *i protagonisti* venivano eliminati, le fotografie, secondo la procedura, dovevano essere bruciate insieme alla scheda del soggetto in questione. Il più delle volte l'iter veniva rispettato, ma in qualche occasione il segretario si era permesso il lusso di farle sue. Aveva una passione: incollare le fotografie sulle carte in funzione di quello che gli suggerivano quei volti e le informazioni contenute nei dossier. Così aveva un mazzo quasi completo e giocava con la memoria di quei volti ad un gioco inumano.

Il segretario amava anticipare i tempi, come Tony Black del resto. Il volto della donna con gli occhi marroni aveva già preso il posto della donna di cuori. Il segretario aveva fatto la sua scelta. Non poteva prendere tutte le fotografie, così quella dell'uomo

con gli occhi blu stava per finire nel fuoco. Piuttosto
coerente per un uomo senza quartiere e senza città.

**Poco prima delle sei di mattina
Fine della Ventiquattresima ora**

Per quanto potesse camminare, quella città era come un tapis roulant. Tutto fuggiva via e perdeva i contorni.

L'uomo dagli occhi blu cercava di allontanarsi dal bar, ma le cose attorno si ripetevano ad un ritmo vertiginoso. Strade, piazze, vicoli, cortili e negozi illuminati a giorno. Voleva scappare, ma si ritrovava sempre al punto di partenza, a meno di due isolati di distanza dal bar che come una calamita lo attirava a sé perché là c'erano la vita e la morte che gli sorridevano.

Ad un certo punto si lasciò andare trascinato dalla corrente. Svoltò prima a destra poi a sinistra e si fermò.

Davanti a lui in fondo alla stradina c'era il bar. Dentro il cowboy che era il suo sogno.

Matinée.

La nuova alba sarebbe stata una carcassa abbandonata a se stessa.

Il pistolero aveva gli occhi blu, ma dentro tutto era un vortice di follia. La trentotto attendeva il suo momento nella fondina.

Dieci passi separavano il pistolero dal bar.

Poco prima delle sei di mattina
Fine della Ventiquattresima ora

"Everybody want to live for ever..."

Il bar era vuoto. Mancava poco all'ora di chiusura e a farla da padrone era la radio che sparava musica nell'etere consumato dai clienti della giornata.

"I want to live for ever..."

La donna dagli occhi marroni aveva l'aria un po' triste. Era appoggiata davanti al banco del bar. Osservava i tavolini vuoti e i tavolini vuoti la guardavano senza sorridere. La macchina del caffè non sembrava affatto un'iguana e nell'aria non c'era nessun profumo sudamericano. Il bar era stanco e non si reggeva in piedi.

Oltre le vetrate era ancora buio e si percepivano solo ombre.

La donna dagli occhi marroni si accese una marlboro dal sapore dolceamaro. Tirava boccate distanti l'una dall'altra e la sigaretta bruciava veloce tra le sue dita. Il cowboy guardava lontano, fuori dal mondo, con gli occhi marroni che erano due immense gallerie. Vedeva in lontananza un uomo che le aveva fatto battere il cuore. Un uomo per il quale era terra e aria insieme.

La musica alla radio insisteva nel suo ritornello: *"Everybody want to live for ever ..."*

La donna dagli occhi marroni immaginava un ballo lento con l'uomo dagli occhi blu. Abbracciati l'una all'altro avevano i due cuori ravvicinati e i loro respiri caldi sfioravano la loro pelle sul collo. Si stringevano con il sangue che bolliva e la via lattea dietro gli occhi chiusi sul mondo. La donna dagli occhi marroni sussurrava la sua musica malinconica: "*I want to live for ever...*"

**Poco prima delle sei di mattina
Fine della Ventiquattresima ora**

"Sì, pronto, sono Black."

"Ho un incarico per domani."

"Bene, molto bene."

"13215."

"Ah! La lista speciale."

"Spero facciate del vostro meglio, Black."

"Come sempre, Signore."

Il cellulare era una seccatura alle volte, ma in casi come quello c'era da godere. Tony Black avrebbe dovuto esserci abituato, ma non ci si poteva fare l'abitudine alle belle notizie. Un incarico speciale significava gente speciale e un'impennata nelle statistiche.

"I'm a devil... la la la, I'm a man..."

Tony Black cantava con l'eccitazione che gli informicolava la schiena: *"I'm a devil... la la la, I'm a man"*

Saltellava per la strada trattenendo a stento la gioia di poter far fuori un altro dannatissimo stronzo. Quando arrivò nella stradina del bar però tornò calmo e fiero come prima. Un difensore della legge con un ghigno diabolico disegnato in viso. Davanti a lui, a circa dieci passi, c'era l'ombra di un uomo che non gli piaceva. Tony Black era lì per lui.

Tra sé cantava la sua canzoncina: *"I'm a devil... la la la, I'm a man..."*

Il dio di Tony Black era un ottimo sceneggiatore ed aveva un senso del tempo perfetto.

L'artista Tony Black era un primo attore. Era maledettamente vero. Non c'era finzione nel suo personaggio.

Tony Black e il suo dio erano la miglior copia di professionisti sulla piazza e, se c'era una possibilità, in tutto quel cinema offerto dall'organizzazione, quella doveva essere per loro. Avrebbero potuto creare una casa di produzione, purché vi recitassero, naturalmente, anche le puttane.

Poco prima delle sei di mattina
Fine della Ventiquattresima ora

La donna con gli occhi marroni uscì dal bar dopo aver spento tutte le luci. Chiuse la porta e vi si appoggiò con la schiena per aspettare il cambio.

A dieci passi, nella stradina, vedeva nella penombra l'uomo dagli occhi blu, fermo, con le gambe divaricate come un pistolero.

L'aria era gelida e grigia. Il silenzio irrespirabile.

L'uomo dagli occhi blu guardava la donna negli occhi marroni.

Improvvisamente estrasse la trentotto e la puntò contro di lei.

L'uomo dagli occhi blu tremava e la pistola avrebbe voluto essere un fiore.

La donna dagli occhi marroni era immobile con la schiena contro la porta. I ciuffi ribelli le coprivano in parte il viso e il profilo del suo corpo era una forza della natura agli occhi del pistolero.

La trentotto vibrava con il suo acciaio nell'aria.

Di colpo il pistolero l'abbassò puntando la canna a terra.

L'appoggiò sull'asfalto e con un calcio la fece scivolare davanti al suo bersaglio.

Il campanile suonava i suoi rintocchi.

La trentotto era ad un passo dalla donna con gli occhi marroni che si accese con calma la sua marlboro.

Il fumo della sigaretta saliva nel cielo scuro.

Un uomo tutto nero intanto avanzava lento dietro all'uomo con gli occhi blu.

La donna lo vedeva chiaramente.

Era un Gringo. Sul suo petto luccicava una stella, ma era solo la sua legge.

La donna dagli occhi marroni non aveva sceriffi nella sua vita.

Si era alzato un vento gelido che ululava.

Lo sceriffo avanzava con la sua legge.

L'uomo dagli occhi blu non si staccava dagli occhi della donna.

Il respiro della donna era rallentato.

Il fumo della sigaretta saliva lento sopra di lei.

Lo sceriffo si era fermato con le gambe divaricate e le braccia lungo i fianchi.

Estrasse la pistola e un colpo partì con leggero ritardo.

La donna con gli occhi marroni era maledettamente veloce.

Con il balzo di un puma aveva afferrato la trentotto strisciando sull'asfalto e aveva fatto fuoco.

Per un attimo lo sceriffo rimase in piedi con un piccolo foro nel centro della sua stella. Poi cadde a terra con un tonfo. Era solo un fagotto nero sulla strada.

Il dio di Tony Black aveva scritto una sceneggiatura un po' diversa da quella che il primo attore si aspettava ed ora Tony Black avrebbe riempito qualche altra statistica, non più la sua.

La donna dagli occhi marroni era a terra con la trentotto nelle mani.

La sua sigaretta bruciava solitaria sull'asfalto.

L'uomo dagli occhi blu era rimasto fermo e sorrideva, ma il suo sorriso era doloroso.

Improvvisamente si accasciò. La pallottola di Tony Black gli si era infilata dritta nella schiena.

La donna dagli occhi marroni si era gettata su di lui e lo teneva tra le sue braccia. I loro occhi erano una cosa sola, cielo e terra insieme.

La donna baciò sulle labbra il pistolero e l'uomo dagli occhi blu le regalò l'ultimo istante di vita. Gli occhi blu erano solo due fari spenti nella notte.

La donna stringeva il corpo del pistolero a sé e danzava un ballo lento. I suoi occhi piangevano miele amaro mentre sussurrava la sua canzone: *"I want to live for ever..."*

Un'ora dopo

La città era un intreccio di strade senza fine popolata di numeri e incarichi.

Una pioggerella acida cadeva sull'asfalto.

La donna dagli occhi marroni camminava da sola con i capelli bagnati sul viso.

Era braccata.

Sapeva che era un bersaglio ormai.

La trentotto era nella fondina sotto la sua spalla.

Nei suoi occhi conservava una leggera traccia blu.

Il suo killer controvoglia era solo uno squarcio cristallino nei ricordi.

La donna dagli occhi marroni camminava e aspettava i prossimi pistoleros. Aveva paura.

Non tutti si sarebbero innamorati di lei.

Biobibliografia

Giacomo Gamba, creativo, alterna le attività di attore, drammaturgo, scrittore, regista teatrale.

Ha scritto e pubblicato una raccolta di racconti (*Red Flyer*, edito da Libroitaliano) e opere di narrativa (*Spirito di nuvola, L'uomo in tasca,* editi da Firenze Libri e poi *La donna del bar, Cortles*) e le fiabe moderne *La linfa di Evelyn, Momo e il Cactus, Jacques l'equilibrista, A pancia in su,* nella raccolta *Incontrare una creatura amica,* a cura di Starrylink Editrice con cui ha inoltre pubblicato la sua prima Opera Omnia *Teatro*.

Dal 2010 dirige il suo *Centro di Creazione Teatrale Permanente.* E' stato creatore e direttore artistico di *Fabbrica del Vento,* officina laboratorio per produzioni teatrali, co-direttore artistico di *Esplora, Festival Internazionale di Teatro Contemporaneo* giunto alla quarta edizione, co-direttore artistico della *Cooperativa Teatro Laboratorio* fino al 2007. Co-fondatore della casa Editrice Starrylink per cui si è impegnato attivamente dal 2000 fino a inizio 2011. I suoi spettacoli sono stati rappresentati in numerosi Festival Internazionali (Argentina, Ecuador, Egitto, Armenia, Canada, Austria, Germania, Paesi Baschi, Bosnia Erzegovina, Stai Uniti, ecc.), durante i quali ha svolto workshop teatrali sul suo metodo di lavoro.

Si è formato alla "Scuola di Teatro e Arte del movimento" di Brigitte Morel (Professeur agrégé de la Fédération Française de Dance) e Fabio Maccarinelli. Dal 1993 al 1996 è stato attore nella compagnia italo-francese "*Scarabeblù*", che ha portato in scena tra gli altri spettacoli Buzzati Bleus. È stato tra i fondatori di "*Masnada Gruppo Teatro*" con cui ha vinto nel 1998 il "Premio Scena Prima" per lo spettacolo *¿Que culpa Tiene el Tomate?* In esso ha interpretato la parte dell'ambiguo *Rils,* personaggio uscito dalla sua penna creativa, in *Pampas* ha invece dato corpo e voce al sadico personaggio di *George.* Ha scritto *La Signora dei datteri,* diretto lo spettacolo *Passione,* creato i dialoghi dello spettacolo *Scians* e ideato la riduzione della tragedia Manzoniana *Il Conte di Carmagnola,* rappresentata in occasione delle rievocazioni della battaglia di Maclodio. Per "*Fabbrica del Vento*" ha scritto e diretto gli spettacoli *Sgòrbypark* (Primo Premio al concorso teatrale "Le Voci dell'Anima", Rimini 2004; Primo Premio al "Concorso teatrale internazionale X TeatarFest", Sarajevo 2007), *Venteux* (Primo Premio al Concorso teatrale "Il Teatro che verrà", Spigno Saturnia 2006), *Mono Loco* (co-produzione "Masnada Teatro"), *Oxus Gennan*. Nel 2003 è stato attore nello spettacolo *Polyester* a Vienna per il "*Birte Brudermann Theatre*". Nel 2005 ha scritto e diretto lo spettacolo *Loving M* per la compagnia di danza "*Areazione*". Per lo Stabile di Brescia, "*CTB Centro Teatrale Bresciano*", ha scritto e diretto lo spettacolo *Extracom*. Per Cooperativa Teatro Laboratorio ha diretto lo spettacolo *Momo e il Cactus* tratto dall'omonimo racconto. Per la Compagnia *Teatro di sconfine* ha diretto i suoi spettacoli *Gigaflop e Ohminidi*. Attualmente è attore nello spettacolo *Sgòrbypark* rappresentato anche in lingua inglese. Nel 2012 *Petrol*, la sua ultima creazione vince il Primo Premio al 16° Festival Internazionale di Valleyfield, Montreal - Québec - Canada. Nel 2013 i suoi spettacoli *Oxus Gennan* e *Sgòrbypark* sono stati rappresentati al Little Theatre of Norfolk al Guest Artist Series 2013, Virginia Usa.

Da anni conduce laboratori teatrali nelle scuole di teatro e di danza, approfondendo l'arte del movimento applicata alle diverse forme di spettacolo. È stato insegnante presso la Scuola di danza Olimpia di San Zeno, Brescia, presso la scuola di Danza Art Dance Fusion di Brescia e presso la scuola di Teatro e Danza Ritmosfera di Porto Potenza Picena, Marche. È docente, per l'opzione teatro, dal 2002 presso l'Istituto Superiore Cossali di Orzinuovi - Brescia e dal 2008 presso H.Vox Accademia della Voce di Brescia. Dal 2008 svolge attività di Laboratorio teatrale con i ragazzi della Comunità Mondo X di Rodengo Saiano.

Centro Creazione Teatrale
www.giacomogamba.it
Finito di stampare nel mese di ottobre 2014
Printed By CreateSpace